角色剧本

NAME

周子书

character

男，23岁，

是一名技艺高超的神偷。

致命魔方

搜身卡

致命魔方

/ 我叫周子书，男，23 岁。/

我是一个神偷，是个人都觉得我比狗还烦。但曾经的我不是这样。我本来有一个很幸福的家庭，我的父亲是一位建材公司老板，母亲是一位中学教师，我拥有快乐的童年，生活也非常美满。可是，这一切都因为父亲的死而被彻底毁灭。

2012 年 7 月 8 日，我和舒婵确定了恋爱关系。舒婵是个非常好的女孩子，我家出事后，她没有离我而去，还一直在帮助我。

2013 年 2 月 16 日，我的父亲出车祸离世，撞他的人逃了。我母亲哭了整整三天三夜，之后在悲伤中跳楼自杀了。那时候我 17 岁，短短几天内父母双亡，父亲的公司也被一群早有异心的人洗劫一空。我为了生活开始偷鸡摸狗，在练就了一身不错的偷盗本领后，我开始把目光转向和父亲有过合作的公司，因为我一直对父亲的死因抱有怀疑。偷鸡摸狗这么多年，为生存，更为调查导致父亲离世的那场车祸的真相。

舒婵是我在校时就认识的，她曾以心理专家的身份来我们学校做过心理健康讲座。尽管她比我大，我仍对她一见钟情，知道了她的门诊地址后，我经常去找她。

2013年8月3日，她接诊了一个叫木九千的病人，这个病人说自己即将被一个人杀死，舒婵通过催眠，得出了那个人的画像，画像中的人竟然是警方锁定的父亲车祸案的肇事者郁晨。

舒婵将这件事告诉了我，可之后没多久，木九千就去警局自首了，说他才是车祸案的凶手。我本想再去调查一下郁晨，可是他似乎失踪了，我一直都找不到他。后来，我和舒婵发现有一个人跟郁晨长得一模一样，叫秦飞扬，是个医生。我暗中调查，发现秦飞扬果然是个有秘密的人，但他是木九千入狱的原因吗？

我发现秦飞扬暗中跟我父亲生前的一个合作者——房地产公司老板陆林志联系过。我去陆林志的公司偷过东西，发现这家公司不像表面上看起来那么干净，他们在做某种违法的交易。一次偶然，我听到了陆林志和秦飞扬的对话，陆林志似乎跟我父亲的死有关。从知道这件事开始，我和舒婵就决定一定要查清真相，为我父亲报仇。

我偷过陆林志的机密文件，发现他在调查一个叫林思思的人。林思思是方井的女朋友，方井就是最初调查我父亲车祸案的警察。林思思一直在调查方井失踪的真相，我意识到事情并不是我想的那么简单。

2019年3月3日，我收到了一张请柬，邀请我参加一个真人密室逃脱游戏。如果在游戏中胜出，我就可以得到自己想要的东西——为我父亲复仇！而且请柬中还提到了当年车祸案的负责警察方井。请柬中提到，我还可以再邀请一个人参加游戏。我邀请了陆林志，我想在游戏中杀死他。

--- 案发当天 ---

7:30，我和舒婵同时到达等候区，但我们假装不认识对方。我们认出了林思思，那是我们曾经调查过的方井的女朋友。舒婵假装非常高兴的样子，笑着去和林思思打招呼，两人如好姐妹一般亲密。乔也也在等候区，他是抓过我的警察，我有点怕他，于是故意和他保持了距离，但他的出现依旧让我感到不安。

7:36，陆林志到达等候区，他骂我是小偷，我跟他发生了争吵。陆林志一直鼓动乔也把我抓起来，乔也回复他说别着急，一个都不会放过。陆林志似乎有些发怵，不再跟我争吵。也对，毕竟他犯下的罪行比我严重多了。

7:39，陆林志停止和我吵架，并和舒婵、林思思打了招呼，林思思对他似乎也没有什么好脸色。我想，她一定调查出了关于方井的线索。

7:43，郁晨到达等候区，他没有跟任何人打招呼，独自坐到了一个角落。我认出他就是当年车祸案撞死我父亲的人，我一直盯着他并想要杀死他。陆林志和林思思的目光也都在他身上停留了一会儿，但没有人跟他打招呼。

7:47，秦飞扬到达等候区，他和郁晨长得一模一样，我们都非常震惊，我不知道他和郁晨到底谁是与我有关的那个人。秦飞扬跟每个人都打了招呼，他见到角落的郁晨时微微一惊。我笑着问他们是不是兄弟，郁晨否认了，秦飞扬没有回应。不管怎样，机会难得，我准备一个个解决他们。

7:50，因为游戏时间较长，需要带水进密室。我、舒婵、秦飞扬和陆林志去帮大家拿了水，分别用袋子提着。我觉得很可惜，如果秦飞扬和陆林志没有去拿水就好了。

8:00，游戏正式开始，AI开始介绍此次密室逃脱的规则。拿水的人把水分发给大家，我在一瓶水里下了毒并给了郁晨，至于秦飞扬和陆林志，后面还有机会！陆林志给了乔也一瓶，舒婵给了林思思一瓶。我看到陆林志跟我相向走来，便故意假装被垃圾桶绊倒，撞掉了他手中的水，并在捡起来的时候掉了包，把有毒的水递给了他。没想到秦飞扬来跟他换了水，不过没关系，反正都是我想杀的人。

8:10，AI介绍完了规则，密室之门打开，我们被蒙上眼睛走进了密室，以乔也、郁晨、林思思、陆林志、秦飞扬、我、舒婵的顺序走进了密室。林思思突然惊叫倒地，大家乱成一团。

8：12，等我们揭开眼罩打开灯，林思思已经死了。

---你的秘密---

你知道自己是被舒婵邀请的，除你之外，没有人知道自己受到了谁的邀请。

---你的任务---

1. 你不是凶手，请找出真凶。
2. 请尽量隐瞒你和舒婵的关系。
3. 调查舒婵和林思思瞒着你的事情。
4. 找出这场游戏的真相。

致命魔方

角色剧本

NAME

秦飞扬

character

男，32岁，

是一名知名的外科医生。

搜身卡

致命魔方

/ 我叫秦飞扬，男，32 岁。/

秦飞扬并不是我的原名，我的原名叫郁果，我还有一个双胞胎弟弟，叫郁晨。我和郁晨从小父母双亡，被一个边境雇佣兵组织看上收留，我们一直待在这个组织里，经过多年训练，成了专业的雇佣兵。

2011 年 5 月 1 日，我和郁晨参加了一个惨无人道的野外训练。在这个训练中，只有一个人能活下来，其余的人将全部被淘汰，也就是……被杀死。在经过了长达六天的生死之战后，我和郁晨留到了最后。这并不是什么好消息，这意味着我们必须杀死对方。我不想杀死郁晨，郁晨也不想杀死我。我们从小相依为命，即便是在这个毫无人性的组织里,我们也一直维护着那点儿不被看好的兄弟情，可是这样下去，我们两个人都会死在这片野林子中。

2011 年 5 月 7 日，在长达五个小时的僵持后，我终于想出一个两全其美的办法！我对郁晨下手了，我给他下了毒。我的目的并不是要杀死他，这个毒不会致死，但至少当时看起来他已经没有了生命体征。我知道这种毒药会对他的身体产生一定的影响，但只要他能逃出去，就可以脱离这个可怕的组织，过上正常人的生活！我的计划成功了，我成了最后留下来的人，并且可以独自接任务了。后来，我曾经偷偷潜回对郁晨下手的野林查探过，我确信，郁晨已经逃出去了。我不知道他在哪儿，但我知道他一定还活着，这或许就是双胞胎之间的心灵感应吧！

2013 年 1 月 28 日，我接到了一个任务，成为一个贩毒者的私人雇佣兵，我并不知道雇用我的人是谁。我们单线联系，对方付的钱很多，我也非常满意。让我意外的是，我竟然找到了我的弟弟，只可惜他被当年的毒药伤了神经，变成了一个低能儿，但这不重要，只要他还活着就够了！我偷偷地照顾着他，但我不满足于此，我觉得我应该补偿他，于是我开始了自己的计划……正好，我的老板给了我一个很危险的任务，他让我去杀一个人。我准备利用这次机会脱离组织,改名换姓！只要这次计划成功，我就能脱离组织，和郁晨一起过上普通人的生活，偿还当年对他所做的一切。

2013 年 2 月 16 日，我按照要求杀死了任务对象周天耀，我的老板也答应帮我完成我的计划。我设计了一场车祸，并安排郁晨替我顶了罪，因为他是一个低能儿，不会直接被判处死刑。

我的老板帮我洗白了身份，我成了知名的外科医生秦飞扬。为了巩固这个身份，我在核心医学期刊上发表了多篇论文，其中最受医学界肯定的就是《对原始森林中罕见毒虫的探究》，因为探究这个领域的人非常少。

2013 年 7 月 20 日，我又买通了癌症晚期患者木九千，要求他到警局投案自首，承认是他故意设计郁晨开那辆货车，郁晨是在不知情的情况下杀人的。

2013 年 8 月 8 日，木九千按照我的计划去警局投案自首了，这样，郁晨就可以减刑或者无罪释放。因为我的身份非常机密，郁晨的过去也一片空白，所以警方并不知道他还有一个双胞胎哥哥。我以为这个计划无懈可击，谁知在计划收尾的时候，还是出意外了。

郁晨虽然被释放，但他失踪了，我不知道他去了哪儿，警方也完全没有透露他的任何消息。不仅如此，我的身份也被查到了。尽管此时我已经改名换姓，他们查不到我雇佣兵的身份，但查到郁晨有一个当医生的双胞胎哥哥秦飞扬！这是我的老板帮我伪造的身份，我有了一个全新的履历。从案情上来看，我跟这桩案子没有任何关系，所以警方只是找我谈了几次话，可是，我仍然没有找到郁晨。

我怀疑这与我的老板有关，他叫陆林志，是陆氏集团的董事长。我一直在跟踪调查他，并且发现了他的奇怪之处。

2013 年 4 月 4 日，我跟踪他时亲眼看到他杀死了一个人并将其抛尸海里。我偷偷打捞起死者的尸体，认出了死者是调查周天耀案件的警察方井，我想周天耀案件并没有那么简单。通过深入调查，我知道了方井曾是陆林志的手下，并且发现了方井没有公开的女朋友林思思也一直在调查这件事。我想我陷入了一个很大的局里，方井的死有我的一份。

2019 年 3 月 3 日，我收到了一张邀请我参加真人密室逃脱游戏的请柬。请柬中说，只要在这个游戏中胜出，我就可以得到我想要的东西——关于郁晨的线索。我不仅可以参加这个游戏，还可以再邀请一个人。请柬中还提到了那个被陆林志抛尸海里的方井。我邀请了郁晨。我认为这次游戏不会那么简单，如果真的会有什么意外，我希望在意外发生之前，向郁晨坦白当年的一切。

--- 案发当天 ---

7:47，我到达等候区，看到其他人都来了，陆林志、林思思都在，我更加坚信这次游戏没有那么简单。不管认识的还是不认识的，我都笑着跟他们打了招呼，看到角落的郁晨时我愣住了，他就是我的弟弟，可是我什么都不能说。周子书笑着问我们是不是兄弟，郁晨否认了，我也只好闭口不言。

7:50，因为游戏时间较长，需要带水进密室。我和周子书、舒婵、陆林志去帮大家拿了水，分别用袋子提着。我在其中一瓶水里下了毒，准备想办法换给陆林志，这样我和郁晨的秘密就会永远被埋葬。至于林思思，她也是我的威胁，但目前我更想要杀死陆林志。

8:00，游戏正式开始，AI 开始介绍此次密室逃脱的规则。我们把水分发给大家，周子书给了郁晨一瓶，陆林志给了乔也一瓶，舒婵给了林思思一瓶。其间，周子书不小心被垃圾桶绊倒，撞掉了陆林志拿着的水，周子书没好气地捡起来还给了他。我觉得这是一个好机会，于是假装笑着安慰陆林志，并把我下了毒的水换给了他。

8:10，AI介绍完了规则，密室之门打开，我们被蒙上眼睛，以乔也、郁晨、林思思、陆林志、我、周子书、舒婵的顺序走进了密室。林思思突然惊叫倒地，大家乱成一团，我感觉被人撞了一下。

8:12，等我们揭开眼罩打开灯，林思思已经死了。

--- 对你不利的信息 ---

雇佣兵的生活让你对原始森林非常熟悉，做医生后，你曾经发表过一篇名为《对原始森林中罕见毒虫的探究》的论文。

--- 你的任务 ---

1. 你不是凶手，请尽量摆脱嫌疑并找出真凶。
2. 请尽量隐瞒自己雇佣兵的身份。
3. 请向你的同胞兄弟郁晨解释清楚当年发生的一切。
4. 找出这场游戏的真相。

致命魔方

角色剧本

NAME

舒婵

character

女，25岁，

是一名身体孱弱的心理医生，

也是一名小有名气的画家。

搜身卡

致命魔方

/ 我叫舒婵，女，25 岁。/

我是一名心理医生，也是一名小有名气的画家。遇到周子书之前，我的生活是平平淡淡的。认识他是在他们学校的心理座谈会上，他对我一见钟情，还死缠烂打。我虽然不太喜欢比我小的，但还是被他感动了。

2012 年 7 月 8 日，我与周子书确定了恋爱关系。

他本来是个很幸福的孩子，直到 2013 年 2 月 16 日，他的父亲因车祸去世。这给他的生活带来了翻天覆地的变化。虽然警方抓住了凶手宣布了结案，但他总觉得事情没有那么简单。他一直在调查这件事，我也一直在帮助他。

2013 年 8 月 3 日，我接诊了一个病人。这个病人非常奇怪，他说自己即将被一个人杀死。我通过催眠，得到了那个即将杀死他的人的画像。让我惊讶的是，画像中的人竟然是周子书父亲车祸肇事逃逸案的凶手郁晨！郁晨已入狱多时。

我把这件事告诉了周子书。周子书便一直盯着那个病人。让人难以置信的是，8 月 8 日，那个病人竟然主动投案，说他是车祸案的真凶，郁晨只是被他利用了。正当我们一头雾水的时候，我在医学界的朋友查到一条信息，有一个叫秦飞扬的医生，长得和郁晨一模一样！这引起了我和周子书的注意。我们开始调查秦飞扬！

之后，周子书发现，秦飞扬和他父亲的一个老伙伴陆林志有过秘密来往，陆林志的公司似乎在做什么见不得人的交易。通过进一步调查，我们发现，周子书父亲的车祸竟然是陆林志一手安排的！从那以后，我和周子书展开了复仇计划。

一次偶然，警察乔也在我的诊室看到了郁晨的画像。他似乎非常惊讶，一直问我这个人是谁以及他在哪儿。我知道负责周子书父亲案件的警察失踪后，乔也就接手了这个案子。我知道他是因为案子才这么在乎这张画像，可又隐隐约约地觉得奇怪。

周子书还发现陆林志在调查一个叫林思思的人，这个人是方井的女朋友（方井就是最初调查周子书父亲车祸案的警察）。原来林思思一直在调查方井失踪的真相，事情并不是我想的那么简单。我通过心理学讲座接触到了林思思，她正好有些心理疾病。我在帮她治疗的过程中违规使用了助催眠药物，知道了她准备让当年案件相关的人自相残杀，借此为方井报仇。

后来，我收到了一张请柬，邀请我参加一个真人密室逃脱的游戏。我如果在游戏中胜出，便能得到自己想要的东西——帮助周子书复仇，并且我还可以再邀请一个人。请柬中还提到了当年那桩案子的负责警察方井！我意识到这可能就是林思思的计划，便答应了邀约，并且邀请周子书一起参加。我没有告诉他我知道的这些事儿。

--- 案发当天 ---

我带了几个装着含有雌虫气息气体的小型气球和一只装在培养皿中的雄性毒虫，应邀参加游戏。

7:30，我和周子书同时到达等候区，但我们假装不认识对方。我认出了林思思，那是我和周子书曾经调查过的方井的女朋友。我假装非常高兴，笑着和林思思打招呼，并借着和她亲密接触的机会把气球放进她的兜里。林思思也假装跟我不认识，但她对我没有恶意，还是笑着跟我寒暄。

7:36，陆林志到达等候区，他骂周子书是小偷，两人发生了争吵。陆林志还一直鼓动乔也把周子书抓起来，乔也表示一个都不会放过。陆林志似乎有些发怵，不再跟周子书争吵了。也对，毕竟他犯下的罪行比周子书严重多了，我知道周子书想要杀死陆林志，我不准备阻止他。

7:39，陆林志停止了和周子书吵架，并和我、林思思打了招呼。林思思对他似乎也没有什么好脸色。我想她一定调查出了关于方井的线索，并且这线索和陆林志有关。可惜林思思在催眠中并没有完全交代当年案件的真相，我只知道我们都是相关的人。

7:43，郁晨到达等候区，他没有跟任何人打招呼，独自坐到了一个角落。我认出了他就是当年撞死周子书父亲的真凶。周子书一直盯着郁晨，我知道他也想杀死他。林思思和陆林志也一直在盯着他，这让我更加坚信这次游戏就是林思思的计划。

7:47，秦飞扬到达等候区，他和郁晨长得一模一样，我们都非常震惊，我不知道他和郁晨到底谁是当年入狱的那个人。秦飞扬跟每个人都打了招呼，他见到角落的郁晨时微微一惊。周子书笑着问他们是不是兄弟，郁晨否认了，秦飞扬没有回应。但我看得出来，他们一定是兄弟。

7:50，因为游戏时间较长，需要带水进密室。我、周子书、秦飞扬和陆林志去帮大家拿了水，分别用袋子提着。我知道周子书准备在水里下毒，但我没有下毒。我准备把水给林思思，这样更能排除我的嫌疑。

8:00，游戏正式开始，AI 开始介绍此次密室逃脱的规则。拿水的人把水分发给大家，周子书给了郁晨一瓶，陆林志给了乔也一瓶，我把没有毒的水给了林思思。周子书假装被垃圾桶绊倒，撞掉了陆林志的水，并捡起来还给了他，我知道他掉包了。只是没想到，秦飞扬也和陆林志换了水，我暗自叹了口气。趁着分水比较混乱的状况，我偷偷把毒虫放了出来，并且将培养皿扔进了垃圾桶。

8:10，AI 介绍完了规则，密室之门打开，我们被蒙上眼睛，以乔也、郁晨、林思思、陆林志、秦飞扬、周子书、我的顺序走进了密室。林思思突然惊叫倒地，大家乱成一团。我趁机在陆林志、秦飞扬和郁晨的兜里放了气球。

8:12，等我们揭开眼罩打开灯，林思思已经死了。

--- 你的秘密 ---

玩家中除了周子书，没有人知道你和他的关系，请不要过早暴露自己的身份，你可以说是因为乔也发现了画像而参加游戏。

你曾经看到过秦飞扬发表的论文——《对原始森林中罕见毒虫的探究》，你是从这篇论文中得到的启示。请尽量隐瞒并想好应对之策，比如：我是在调查秦飞扬的过程中看到了论文等。

没有人知道你通过催眠得知了林思思计划的事情，请尽量隐瞒。

--- 你的任务 ---

1. 你就是凶手，请尽量摆脱嫌疑并将嫌疑转到其他人身上。

2. 请尽量隐瞒自己和周子书的关系，比如以你是木九千的亲戚做遮掩。

3. 尽量隐瞒你得知林思思计划的事情，这对你而言是致命的。

致命魔方

角色剧本

NAME

乔也

character

男，28岁，

是一名正义善良的警察。

/ 我叫乔也，28 岁，是一名警察。/

2013 年 3 月 6 日，我刚刚进入警局，就碰到了一桩严重的车祸肇事逃逸案。这桩案件本来不是我负责，而是方井负责。方井也才来警局不久，但我总觉得他经验丰富，一点儿都不像一个新警察。

果然，方井很快就抓到了凶手，是一个名叫郁晨的年轻人。只是，这个郁晨竟然是个低能儿。我总觉得这桩案子没有那么简单，于是私下进行了调查。没过多久，一个叫木九千的人投案自首，他说是他故意让低能儿郁晨开的那辆车。如此一来，木九千获罪，郁晨就可以减刑了。

我还是觉得案子没那么简单，尤其是木九千入狱后不久，就在监狱里病死了，这让我更加怀疑此案另有蹊跷。而方井并没有继续调查下去的意思，领导也肯定了他，看样子，他要立功了。在我看来，方井是一名非常优秀的警察，他身上有一股正气，专业能力非常强，我不相信他看不出这桩案子的疑点，更不相信他会发现疑点而视若无睹。通过调查，我终于发现了案子的可疑之处，并且抽丝剥茧，查到了案子背后牵扯到的贩毒团伙，并且我查到，郁晨还有一个双胞胎哥哥，叫秦飞扬。

我本来以为这是一件好事，没想到，2013 年 4 月 4

日那天，方井失踪了。所有人都说他辞职了，可我感觉事情没有那么简单。

奇怪的事情还不止这一件。2013 年 8 月 9 日，郁晨刑满释放当天，我的女朋友齐瑶也失踪了。我和齐瑶已经交往三年了，和我一样，她也是一名新警察，我们感情很好，时常联系，可是她突然就这样失踪了。我猜测，齐瑶的失踪和郁晨的刑满释放一定有关系！

之后多年，我都没有放弃调查齐瑶的事情，也一直没有放弃寻找方井。有一次，我偶然看到心理医生舒婵画了一幅画，那幅画上是郁晨的脸，或者说是秦飞扬的脸。我向她询问，可是她似乎很忌讳跟我谈及这个问题，并且将那幅画收了起来。我不知道她到底画的是郁晨，还是秦飞扬，但我想，她一定知道什么。

2019 年 3 月 3 日，我收到了一张请柬，一张邀请我参加真人密室逃脱游戏的请柬。请柬中说，只要在这个游戏中胜出，我就可以得到我想要的东西——关于齐瑶的线索，我还可以再邀请一个人参加游戏。而且请柬中还提到了我一直念念不忘的方井。我邀请了舒婵，那个可能与郁晨或秦飞扬有关的心理医生。是的，我已经决定要参加这个游戏了。

--- 案发当天 ---

7:00，我到达了密室等候区，此时只有林思思在这里，我认出了她就是方井的女朋友，询问她怎么也到了这里。可林思思没给我什么好脸色，甚至说是我害死了方井。我意识到这场游戏可能与方井有关，我想找林思思问清楚，但她的情绪很激动，我们发生了争执。为了制止她，我被她抓伤了。

7:15，我怕再刺激到林思思，独自走到了一边。

7:30，周子书和舒婵同时到达等候区。舒婵见到林思思非常高兴，笑着去和林思思打招呼，两人如好姐妹一般亲密。周子书认出了我是抓过他的警察，他好像有些怕我，离我远远的，也没跟别人打招呼。

7:36，陆林志到达等候区，并和周子书发生了争吵，还一直让我把他抓起来。我告诉他，我一个也不会放过。

7:39，陆林志停止了跟周子书吵架，并和舒婵、林思思打了招呼，林思思对他似乎也没有什么好脸色。

7:43，郁晨到达等候区，他没有跟任何人打招呼，独自坐到了一个角落。陆林志、周子书和林思思的目光都在他身上停留了一会儿，但没有人跟他打招呼。

7:47，秦飞扬到达等候区，他和郁晨长得一模一样，我们都非常震惊。秦飞扬跟每个人都打了招呼，他见到角落的郁晨时微微一愣。周子书笑着问他们是不是兄弟，郁晨否认了，秦飞扬没有回应。

7:50，因为游戏时间较长，需要带水进密室。周子书、舒婵、秦飞扬和陆林志去帮大家拿了水，分别用袋子提着。

8:00，游戏正式开始，AI 开始介绍此次密室逃脱的规则。拿水的人把水分发给大家，周子书给了郁晨一瓶，陆林志给了我一瓶，舒婵给了林思思一瓶。其间，周子书不小心被垃圾桶绊倒，撞掉了陆林志拿着的水，他没好气地捡起来还给了陆林志。秦飞扬笑着叫陆林志不要生气，并把自己的水换给了他。

8:10，AI 介绍完了规则，密室之门打开，我们被蒙上眼睛，以我、郁晨、林思思、陆林志、秦飞扬、周子书、舒婵的顺序走进了密室。林思思突然惊叫倒地，大家乱成一团。

8:12，等我们揭开眼罩打开灯，林思思已经死了。

--- 你的任务 ---

1. 你不是凶手，请找出真凶。

2. 你是大家最信任的身份，请充当侦探角色，尽量还原当年案件的真相，并找出真正的杀人凶手。

3. 尽量找出齐瑶失踪的真相。

4. 找出这场游戏的真相。

致命魔方

角色剧本

NAME

郁晨

character

男，32岁，

和秦飞扬长得一模一样，

职业不明。

搜身卡

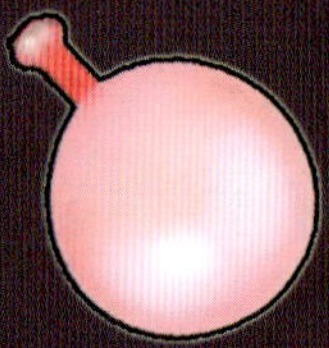

致命魔方

/ 我叫郁晨，男，32 岁。/

我是一个轻微低能儿，但并不是天生的，这一切都要拜我那位双胞胎哥哥所赐！我和我的双胞胎哥哥郁果从小父母双亡、相依为命。机缘巧合之下，我们被一个边境雇佣兵组织看上，经过多年训练，成了专业的边境雇佣兵。

2011 年 5 月 1 日，我和郁果要参加一个惨无人道的野外训练。在这个训练中，只有一个人能活下来，其余的人都将被淘汰，也就是……被杀死。在经过了长达六天的生死之战后，我和郁果留到了最后，这并不是什么好消息，这意味着我们必须自相残杀。我不想杀死郁果，郁果也不想杀死我。我们从小相依为命，即便是在这个毫无人性的组织里，我们也一直维护着那点儿不被看好的兄弟情，可是这样下去，我们两个人都会死在这片野林中。

2011 年 5 月 7 日，我已经做好了与郁果共同赴死的准备。我知道，我和郁果都不想杀死对方，如果我们为了对方主动认输，另一人也不能心安理得地活下去。最好的办法，就是我们两个人一起去死，离开这个组织，离开这个世界。我没想到，在最后半天，郁果对我出手了。他在我的水里下了毒，那种毒药非常霸道，当时我就人事不省了。昏过去之前，我看到了郁果的笑，那笑竟然是欣慰的，真是讽刺！

我以为我就这么死了，没想到，半夜我醒了过来。那毒药仍然侵蚀着我的身体。我想到郁果最后的笑脸，想到他笑着递过来的水，就恨入骨髓！我强撑着一口气，用石头划破皮肤，用疼痛让自己清醒。我站不起来，就用双手支撑着自己，使劲地爬。我不知道爬了多久，总之当我终于爬出野林的时候，太阳高高地挂在空中，晒得人好像要熔化了一样。对我来说，那是生命之光！我被人救了，最终活了下来，医生说我昏迷了整整一个星期。这不算什么，严重的是，毒药伤到了我的神经，使我变成了低能儿。好在它对我的生活没有致命的影响，我隐约记得一些事情，也大概知道怎么照顾自己。就这样，我在一间破旧的出租屋里，生活了下来。

我的生活不算太好，但很平静，直到两年后的某一天，我平静的生活被打乱了。不知从什么时候起，总有人偷偷地给我寄一些东西，我试着调查过，但什么都没有查到，而且以我的智力情况也没办法做更深入的调查，可我总觉得，这不是什么好事儿。果然，没多久，警察就找上门了，但不是因为这些莫名出现的东西，而是因为一起车祸肇事逃逸案。

2013 年 3 月 12 日，我被捕入狱，我看到了车祸现场视频，开车的人长着一张和我一模一样的脸！我那时候对于郁果的记忆已经非常模糊了，也不知道怎样为自己辩驳。

2013 年 8 月 8 日，警察告诉我，有人证明我被设计了，第2天，我就被放了。

2019年3月3日，我收到了一封请柬，邀请我参加一个真人密室逃脱的游戏。请柬中说只要在游戏中胜出，我就可以得到自己想要的东西——关于郁果的消息，并且我还可以再邀请一个人。而且请柬中还提到了当年车祸案的负责警察方井。而我则邀请了一个入行不久的警察乔也，原因是他的未婚妻是齐瑶！另外我想，有一个警察在场，事情或许会很有趣。

--- 案发当天 ---

我带着匕首去了密室，为自保，但若遇到对我有威胁的人，我也不介意杀死他们。

7:43，我到达等候区，此时等候区已经有五个人了。我认出了乔也，但并没有说什么，我不爱与人打交道，所以独自走到了角落。

7:47，秦飞扬到达等候区，我听到他在跟大家打招呼，最后他笑着向我走来。我看到他和我一模一样的脸，我知道他是我的哥哥，但是因为当年的事情，我并不想认他。他很惊讶地看着我，周子书问我们是不是兄弟，我否认了，他也没有说话。

7:50，因为游戏时间较长，需要带水进密室。周子书、舒婵、秦飞扬和陆林志去帮大家拿了水，分别用袋子提着。

8:00，游戏正式开始，AI开始介绍此次密室逃脱的规则。拿水的人把水分发给大家，周子书给了我一瓶，陆林志给了乔也一瓶，舒婵给了林思思一瓶。其间，周子书不小心被垃圾桶绊倒，撞掉了陆林志手中的水，周子书没好气地捡起来还给了他。秦飞扬笑着叫陆林志不要生气，并把自己的水换给了他。不知道为什么，我总感觉秦飞扬和陆林志之间有什么秘密。

8:10，AI 介绍完了规则，密室之门打开，我们被蒙上眼睛，以乔也、我、林思思、陆林志、秦飞扬、周子书、舒婵的顺序走进了密室。林思思突然惊叫倒地，大家乱成一团，我感觉被人撞了一下。

8:12，等我们揭开眼罩打开灯，林思思已经死了。

--- 你的秘密 ---

（以下内容请尽量保密）

当年我的案子有很多蹊跷，我不知道警察查到了什么，他们放了我，还坚持对我进行秘密治疗，这场治疗持续了一年多。在治疗过程中，我的智力渐渐恢复，记忆也逐渐清晰起来。我能想得到，他们大概是查到了我的双胞胎哥哥，而他是怎么从组织出来到我所生活的城市的，我并不清楚。我猜想，我的入狱跟我的哥哥脱不了干系，那个自首的人应该也是他安排的。

2014 年 12 月 7 日，警察告诉我，车祸案还牵扯到一个贩毒案，他们让我配合一个叫齐瑶的警察共同卧底，试图将这个组织一网打尽。我存在的意义，就是我的双胞胎哥哥——郁果。我也想找郁果报仇，于是，我答应了警方的要求。这个卧底计划是绝密的，除了警方最高层以及我和齐瑶，没有人知道这件事情。齐瑶告诉我，她有个男朋友，是一个叫乔也的警察，如果她有什么意外，让我一定要告诉乔也。或许是因为我和郁果之间的过往，我很羡慕他们的感情，于是，我答应了她。

除此之外，我还知道，上一个卧底是逮捕我的警察方井。警方怀疑他的失踪和贩毒集团有关系，他们告诉我方井的女朋友林思思在调查这件事，让我在执行任务的过程中尽量避开她。

警方想让我帮忙执行任务，却不告诉我事情的真相，这让我很不满，于是我暗自调查了林思思。我发现她查到了我那改了身份的双胞胎哥哥，还有那个贩毒团伙。我感觉得到，她要为她的爱人报仇，而她的计划中少不了我和哥哥。

--- 你的任务 ---

1. 你不是密室游戏的发起人，请尽量摆脱自己的嫌疑，找出该游戏的幕后者。

2. 请尽量隐瞒自己雇佣兵的身份。

3. 请尽量隐瞒你和齐瑶卧底的秘密。

4. 找出这场游戏的真相。

致命魔方

搜身卡

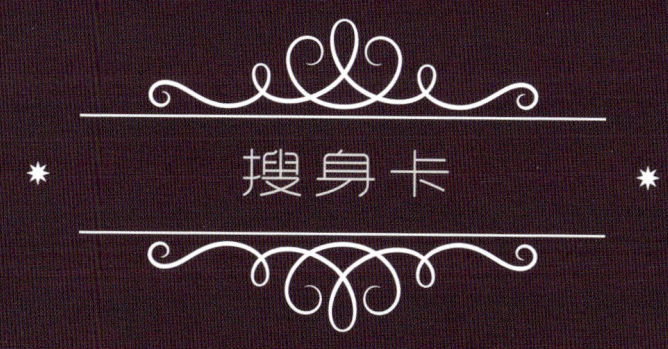

角色剧本

NAME

陆林志

character

男，43岁，

是陆氏集团的董事长。

/ 我叫陆林志，男，43 岁。/

我是陆氏集团的董事长，一个看起来大腹便便的老板。当然，我的身份并没有这么简单。陆氏集团只是明面上的一个幌子，我一直在做地下毒品交易，我有一个贩毒团伙，而我，就是这个团伙的主人。

明面上我的集团维持得不错，也有一些不错的合作伙伴，比如周天耀。当然，合作伙伴只是暂时的，该利用时还得利用。那年，海外新运来了一批毒品，而陆氏集团正在接受检查，我不得不小心行事。彼时，我们常规业务中销售渠道最好的就是周氏集团。

2012 年 11 月 28 日，为了躲避检查与赚钱，我想到一个很好的办法，就是将含有毒品的材料做抵押，我向周氏借一笔周转资金，但是这批资金我并不打算如数奉还。这样，届时，周氏就不得不行使质押权，变卖这批材料，我只要安排好买家去买这批材料。再让买家把差价补给我就可以了，为了自身安全，他们是不会告发的。

没想到事情还是出了意外。2013 年 1 月 20 日，周天耀竟然检查出了材料中含有的毒品，他找我理论，并扬言要报警。如果这件事被警察知道，我之前所做的一切就全部暴露了，不但陆氏集团会垮，我还会坐牢……我绝不允许这件事情发生！

2013年1月28日，我雇用了一个很厉害的边境雇佣兵，郁果。我知道他在暗中照顾自己的低能儿双胞胎弟弟。我命他去杀死周天耀，并安排他那个没用的弟弟去顶罪。他向我提出了要求，让我帮他洗白身份，改名换姓。这对我来说一点儿也不难，我答应了他。

2013年2月16日，郁果按照计划杀死了周天耀，毒品的事总算没有败露！

郁果拥有了新身份，变身成为医生秦飞扬。我知道秦飞扬在设计救他的弟弟，但这跟我已经没有关系了。他的身份洗白之后，他也不再是我的雇佣兵。但我们相互握着对方的把柄，所以一直相互联系，监视着彼此，好在这件事一直没有出什么差错。当然，如果能杀死秦飞扬，我就真的可以高枕无忧了！

这件事带给我的好处还不止这一点，我安排了一个心腹到警局去做卧底，毒品案刚好落在了他的手上，他不但可以帮我脱罪，还能借此机会申请加入缉毒大队。本来事情很顺利，谁知半路跑出一个毛头警察发现了案子不对劲儿的地方，破坏了我们的计划。我在调查这个警察的时候，发现我身边的方井好像有问题。考虑到他来我这儿时的奇怪情况，我怀疑他是警察派到我这里来的卧底，这让我毛骨悚然！

2013年4月4日，我约方井出来，并趁机杀了他。没过多久，警方就公布了方井失踪的消息。呵！警方竟然没有给他洗白，看来他们的卧底计划还没有结束！我担心还会留下什么隐患，于是找人调查了方井的亲属。我发现有一个女孩一直在调查他的事情，那是他的女朋友林思思。

这对我而言是个极大的威胁！

2019年3月3日，我收到了一张请柬，邀请我参加一个真人密室逃脱的游戏。如果在游戏中胜出，我就可以得到自己想要的东西——杀死秦飞扬！同时，我还可以再邀请一个人参加游戏，而且请柬中还提到了方井。我答应了邀约，并且邀请了秦飞扬。就算不能在游戏中胜出，我也可以在游戏中将他杀死！

--- 案发当天 ---

7:36，我到达等候区，并和周子书发生了争吵。我让警察乔也把他抓起来，乔也却说一个也不会放过。我知道他也调查过我，听到这句话我有点发怵，于是不再争吵。我看到林思思也在这里，心道这是个好机会，一定要斩草除根！

7:39，我停止了跟周子书吵架，并和舒婵、林思思打了招呼。林思思没给我什么好脸色，她一定是调查到了什么，也许她在谋划如何杀死我，我必须先下手为强。

7:43，郁晨到达等候区，他没有跟任何人打招呼，独自坐到了角落。我认得出来这不是秦飞扬，而是他的弟弟。我没想到他会来，在场的好几个人都与那桩案子有关，我心里有些不安。

7:47，秦飞扬到达等候区，他和郁晨长得一模一样。他的到来让我确信，这场游戏是有预谋的。秦飞扬跟每个人都打了招呼，我看得出来他是在虚假地笑，他一定也想杀死我。他见到角落的郁晨时微微一愣，周子书笑着问他们是不是兄弟，郁晨否认了，秦飞扬没有回应。

7:50，因为游戏时间较长，需要带水进密室。我、周子书、舒婵和秦飞扬去帮大家拿了水，分别用袋子提着。我偷偷在一瓶水里下了毒，准备先干掉一个人。

8:00，游戏正式开始，AI开始介绍此次密室逃脱的规则。拿水的人把水分发给大家，周子书给了郁晨一瓶，舒婵给了林思思一瓶，秦飞扬自己有水。我只好先把有毒的水给了乔也，毕竟这个警察也是我的心头大患。我转身回去时，周子书跑过来撞掉了我的水。我骂了他两句，他也骂骂咧咧地把我的水捡起来给了我，我不知道他安的什么心！这时秦飞扬竟然笑着来安慰我，还把他的水换给了我，无所谓，反正我没打算喝他们碰过的水！

8:10，AI 介绍完了规则，密室之门打开，我们被蒙上眼睛走进了密室。林思思突然惊叫倒地，大家乱成一团，我感觉被人撞了一下。

8:12，等我们揭开眼罩打开灯，林思思已经死了。

--- 你的任务 ---

1. 你不是凶手，请尽量摆脱嫌疑并找出真凶。
2. 请尽量隐瞒你参加游戏的真实目的。
3. 请尽量隐瞒你杀死方井的事实。
4. 找出这场游戏的真相。

致命魔方

游戏流程
&
结案报告

致命魔方

游戏内容

角色剧本 × 6

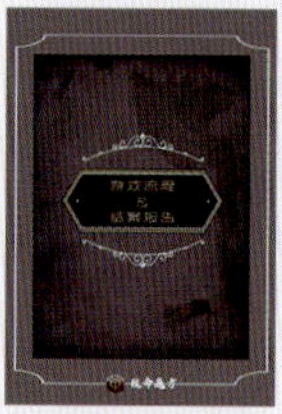

游戏流程&结案报告 × 1

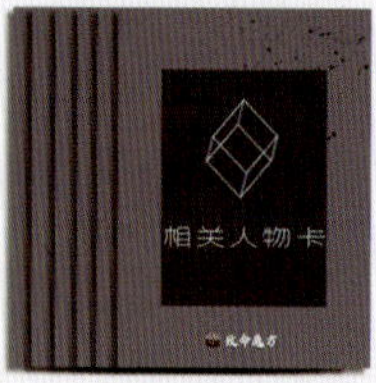

线索卡 × 6
（相关人物卡5、场景图1）

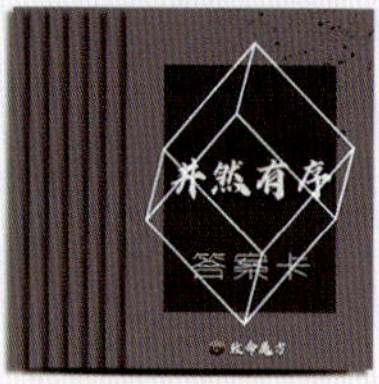

密室通关答案 × 7

信封 × 7（密室线索）

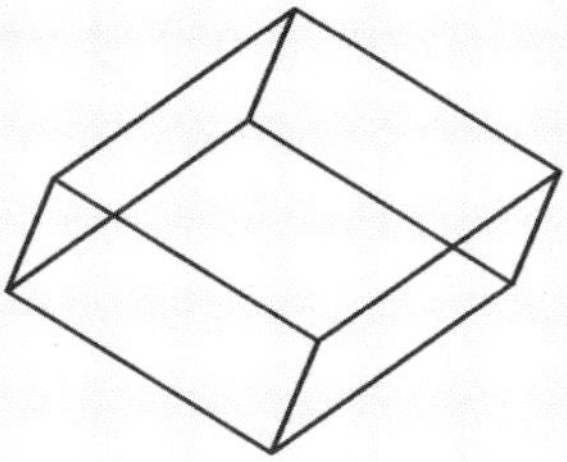

要知道，你来到这里，是有原因的。

难道你还以为自己是一个清白的人？

忘掉你在世俗生活中的一切吧。

唯有投入到游戏中，

完成你的任务，

方能解决你所面对的一切。

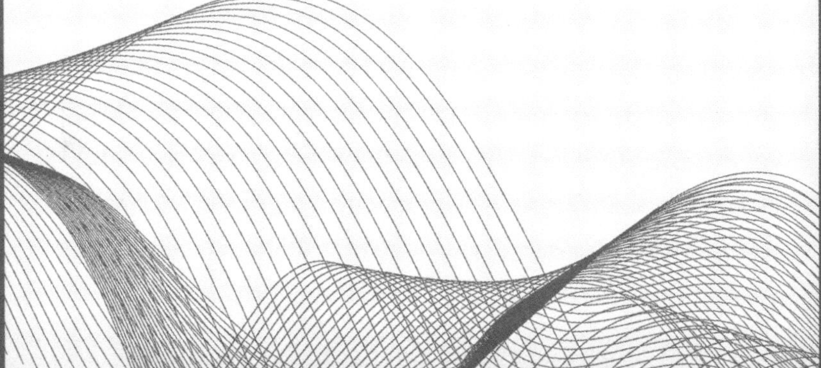

魔方世界奥义

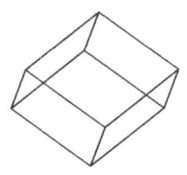

魔方的意义在于可能性。答案的标准，不等于人心的标准。每个人都有着不为人知的过去和隐秘。你可以选择诚实，也可以选择说谎。但请你们尽量统一，因为这将导致魔方飞转，结局变换。

魔方角色

1.乔也——正义善良的警察

我是赤诚，我是火焰，我是人间正义的烈炎。

2.舒婵——身体孱弱的心理医生

相信我，心理医生，不可能是软弱的人。

3.周子书——技艺高超的神偷

若你也如我般被彻底毁灭过，才知道那不可一世的真相是多么高傲。

5.郁晨——和秦飞扬长得一模一样的人

悲痛与我如影随形，还有那噩梦般的过去。

6.陆林志——怕死的老板

这世上的财富啊，真是一件小到不能再小的事。

魔方规则

1.请选择角色

自由选择/随机分配

你选择了你将要扮演的角色，同时获得角色剧本。

请确认参与游戏人数为6~7人。

2.确认主理人

由角色剧本分配，或者没有选择角色的人员扮演（当游戏人数为7时）。

3.公共线索

由主理人取出游戏中的所有线索，包括相关人物卡、平面图、场景图、密室，摆放在公共区域，暂不拆开。

4.阅读剧本，开始游戏

请保持安静，仔细阅读自己的剧本，了解自己的任务，并按照剧本的要求隐藏或者公开自己的线索。当所有人都完成了阅读，主理人可以开始推动游戏。

5.搜证

当游戏线索中断，无法推进时，主理人主持搜证。搜证原则为每次搜证一种类型证据。当进入密室时，可根据玩家意愿，选择简易模式或升级模式，简易模式直接搜证，升级模式需要破解密码后进入密室搜证。当多数玩家共同怀疑某一个玩家时，主理人可以主持对玩家进行搜身。搜身时玩家需出示搜身卡。

6.特殊说明

每个密室都与一个人相关，主理人需引导游戏者先破解密室相关者，方能更快到达魔方彼岸。

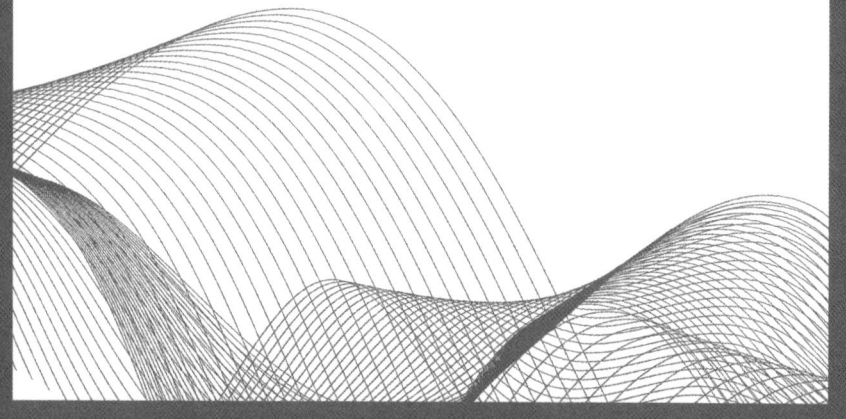

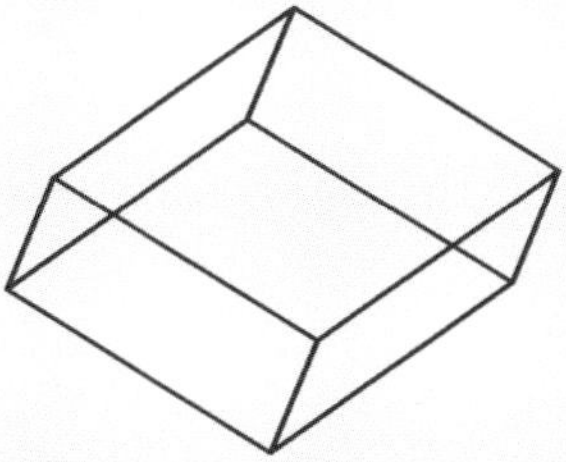

游戏结束前不要翻开下一页

结案报告

游戏的发起者是林思思。

真凶是舒婵。

真相解析

凶手是舒婵。

林思思作为设置这场游戏的人，早早就在这里等着了。

7：00的时候，乔也到达了密室等候区，此时只有林思思在这里，乔也认出了她就是方井的女朋友。因为对方井的事情有一些愧疚，乔也好心地询问她怎么也到了这里，可林思思觉得方井的死乔也也要负责任，所以没给他什么好脸色，还说是乔也害死的方井。乔也意识到这场游戏可能与方井有关，想找林思思问清楚，但林思思情绪却很激动，并和乔也产生了争执，在争执过程中，乔也被林思思抓伤，造成乔也脸上的伤以及林思思指甲中的血污。

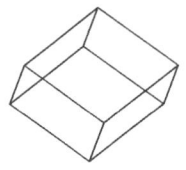

7：15分，乔也怕再刺激到林思思，于是独自走到一边。
7：30分，周子书和舒婵同时到达等候区。舒婵见到林思思非常惊讶，但装作有女生非常高兴，笑着去和林思思打招呼。林思思也认出了舒婵，知道她刻意接触过自己，但不知道自己被她催眠的事情，而且舒婵不算这桩案子的核心人物，所以林思思对她没什么恶意，也和她寒暄着，两人看起来如好姐妹一般亲密。在这个过程中，舒婵将带着雌虫气息的气球放进了林思思的外套口袋里面。周子书认出了乔也是抓过他的警察，有一点怕乔也，所以离他远远的，没有打招呼。
7：36分，陆林志到达等候区，认出了周子书就是屡次到陆氏集团偷盗的神偷，于是和周子书发生了争吵，还一直吵着让乔也把他抓起来，乔也知道陆氏集团的生意不干净，就说一个也不会放过，陆林志听出言外之意，于是不再和周子书争吵。
7：39分，陆林志停止了跟周子书吵架，并和舒婵、林思思打了招呼，林思思对他似乎也没有什么好脸色。
7：43分，郁晨到达等候区，他没有跟任何人打招呼，独自坐到了一个角落。陆林志、周子书和林思思的目光都在他身上停留了一会，但没有人跟他打招呼。
7：47分，秦飞扬到达等候区，他和郁晨长得一模一样，大家都非常震惊，当然，知道真相的陆林志等人都是装出来的，秦飞扬跟每个人都打了招呼，他见到角落的郁晨时微微一惊，似乎没想到郁晨会来这里，不过也很高兴终于见到他了，而且看出郁晨的病已经好了。周子书笑着问他们是不是兄弟，郁晨否认了，秦飞扬也没有回应。

7：50分，因为游戏时间较长，需要带水进密室。周子书、舒婵、秦飞扬和陆林志去帮大家拿了水，并在拿水的过程中分别下了毒，舒婵没有下毒，但趁机把装着雄性毒虫的培养皿打开了盖子，并把培养皿扔进了垃圾桶。

8：00分，游戏正式开始，AI开始介绍此次密室逃脱的规则。拿水的人把水分发给大家，周子书给了郁晨带毒的水，陆林志给了乔也带毒的水，舒婵给了林思思没有毒的水。周子书故意被垃圾桶绊倒，撞掉了陆林志拿着的水，又装作没好气地捡起来还给了他，实际上把下了毒的水换给了他，秦飞扬假意安慰陆林志，并借此机会把自己下了毒的水换给了他。

8：10分，AI介绍完了规则，密室之门打开，所有人被蒙上眼睛，以乔也、郁晨、林思思、陆林志、秦飞扬、周子书、舒婵的顺序走进了密室。此时，培养皿中放出的雄性毒虫已经循着气球中雌性毒虫落到了林思思的身上。雄性毒虫咬了林思思一口，林思思惊叫倒地，大家乱成一团。舒婵趁机把带着少量雌虫气息的气球放进了陆林志、秦飞扬和郁晨的口袋，希望以相同的手法杀死陆林志、秦飞扬和郁晨，就算不能杀死他们，也能混淆视听。

8：12分，大家揭开眼罩打开了灯，林思思已经死了。

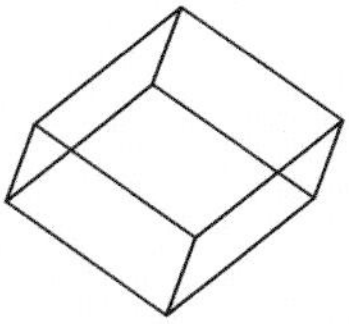

隐情揭秘

他是谁？她又是谁？

七个不同职业的人，各自收到一份神秘的请柬，

参加一个真人密室逃脱游戏。

多年积怨，多条命案。

是魔方，

又似多米诺骨牌……

更多隐情，见小说《致命魔方》

致命魔方

画地成图

答案卷

致命魔方

答案

20个人，5个地点。

解析

有盲女、蒙娜丽莎、拿破仑、玛丽皇后、奴隶、马里尤斯、大宫女7个画中人物，除此之外还有13个作者，共20个；

地点：雅典学院、阿尔卑斯山、马赛港、红磨坊、蒙马特大街，共5个。

井然有序

答案卡

致命魔方

答案

有六个人，分别是ABCDEF，
位置排列为：DCBFEA

解析

只考虑说过话和提到的人，会发现无论如何也组不起来。通过B说D在他左边，而D说他和B之间隔了一个人，在其他几个都对得上的情况下，可以确定D和B中间少了那个没被提到的人，即C。

金童玉女

答案卷

致命魔方

答案

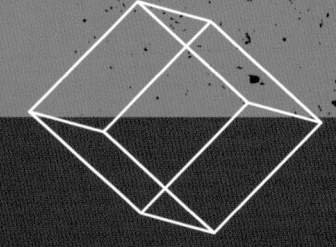

每一排有5个人，一共有18个男生和6个女生。

解析

他们站成一个六边形，六个女生站六个角，两个女生加三个男生组成一条边，每个女生都组成了两条边，故左右各有三个男生。

古诗迷局

答案卡

致命魔方

答案

早日暴富

解析

十日（早）射九去一（日）日共水（暴）宝盖、一口田（富）

蛛丝马迹

答案卡

致命魔方

答案

鼠、猴、虎、鸡、龙；

1、9、3、10、5

解析

子鼠、丑牛、寅虎、卯兔、辰龙、巳蛇、午马、未羊、申猴、酉鸡、戌狗、亥猪。

口中玄机

答案卡

致命魔方

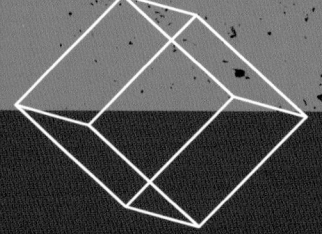

答案

630、245、530

解析

根据提示，能与口字对应的即钟表走针（时针和分针）。

首先一竖代表12:30与6:00,上短下长为12:30（为大）,上长下短为6:00（为小）,12:30—6:00=6:30，即63。

其次横折代表9:30与6:45，左短下长为9:30（为大），左长下短为6:45（为小），9:30—6：45=2:45，即245。

最后一横代表9:15与3:45，左短右长为9:15（为大），左长右短为3:45（为小）,9:15—3:45=5:30，即530。

层峦叠嶂

答案卷

致命魔方

答案

男女顺序：女、女、男、男、男；

高矮顺序：2、5、1、3、4

解析

第一轮排队只考虑了男女，用的男在前、女在后方式；
第二轮排队只考虑了高矮，是从高到矮的排列；
第三轮只考虑高矮，是从矮到高的排列；
第四轮是从高到矮顺序排列、并采用男前女后的方式；
第五轮是从矮到高顺序排列、并采用男前女后的方式；
第六轮是从矮到高顺序排列、并采用女前男后的方式；
目前只剩下两种排列方式：

1. 不论高矮，按女前男后排列。
2. 按从高到矮、女前男后方式排列。

第六轮排列被惩罚说明了第一种方式不可取，故只剩下第二种方式，按从高到矮、女前男后的方式排列。

秦飞扬个人资料

姓名：秦飞扬

曾用名：郁果

性别：男

年龄：26岁

职务：东兴医院主任医师

曾经职务：边境雇佣兵，
某神秘杀手组织成员

家庭住址：A市香林春天小区（离东门社区很近）

秦飞扬对毒虫很有研究，会很多杀人手法。

质押合同

合同编号：XXXX-XXXX

甲方：周氏集团有限公司

乙方：陆氏集团有限公司

甲方（质权人）：周氏集团有限公司
公司地址：×省××市××路 123 号
授权代表：周天耀
身份证号码：123456789
联系方式：12345678910

乙方（出质人）：陆氏集团有限公司
公司地址：×省××市××路 832 号
授权代表：陆林志
身份证号码：987654321
联系方式：10987654321

乙方愿意以其三十箱高质量材料就甲方与（借款人）于 2012 年 11 月 28 日签订的《担保借款合同》向甲方提供质押担保。甲、乙双方现就该担保事宜，经平等、友好协商，自愿达成如下条款，共同遵照执行：

第一条 质押物

乙方提供的质押材料的详细情况以其向甲方提供的《质押物交付凭证》为准。（质押物交付凭证作为本合同的附件）

第二条 质押物的质押价值：该质押材料账面价值为 4000 万元，评估值为 3300 万元，现甲、乙双方商定质押材料的质押价值总额为 3000 万元。

第三条 质押物的清点、登记

1. 本合同签署前，甲、乙双方共同清点核查质押材料。质押期间，该质押材料的生产证书、合格证书等交由甲方保管。

2. 本合同签订后，乙方将材料交付甲方保管。

第四条 质押担保的范围

甲方为实现《担保借款合同》发生的费用，包括但不限于诉讼费（或仲裁费）、保全费、评估费、拍卖费、执行费、律师代理费、调查取证费等。

第四条 质押权的实现

在甲方与（借款人）的借款合同到期后，借款人未履行还款义务的，甲方可依照法律规定的形式以质押物折价或以拍卖、变卖该质押物所得的价款优先受偿。质押物折价或拍卖、变卖后所得的价款仍不足以清偿的，甲方有权就不足部分向乙方继续追偿。

五条 争议解决方式

甲、乙双方在执行本合同中产生争议，应协商解决。协商不成的，由甲方所地法院管辖。

第六条 其他

1.本合同由甲、乙双方签字后生效。本合同一式 两 份。

2.不论主合同或甲方因主合同与他人（包括但不限于乙方）签订的其他反担保协议有效与否，本合同仍然有效。

甲方（公章）：　　　　　　　　　　乙方（公章）：

2012 年 11 月 28 日

调查报告

姓名：方井

性别：男

年龄：27岁

职务：贩毒联络员，2012年10月3日加入

卧底职务：A市市局第一侦查队队员

卧底入职时间：2013年2月5日

家庭住址：A市莲花小区

家庭成员：单亲家庭（父亲方志华，服装厂职工），疑似有女友，身份不详。

警局卧底后动向：加入侦查队，经手了一些小案子，获得肯定与关注。除了父亲，从来不和其他人联系，也不是很合群。

跟踪记录疑点：他接手了“2·16车祸肇事案”，案件被别人接手后去见了一个女人。

我怀疑他是警方卧底

2011年6月：海洛因 1kg，爱尚酒吧，交易人霸王

2012年2月：海洛因500g，城东老巷子，交易人道人

2012年6月：那可汀 300g，海洋酒吧，交易人老K

2012年9月：兴奋剂 1kg，郊区废弃厂，交易人泰山

2013年4月4日，你该死了！

周氏集团董事长惨遭车祸，凶犯竟是低能儿！

2013年2月16日晚7点
周氏集团董事惨遭车祸！
A市新闻

午间新闻消息，轰动一时的“2·16车祸肇事案”终于在三日前告破。令人震惊的是，致周氏集团董事长身亡的肇事者竟然是一个低能儿，该消息已经被警方证实。望广大市民出行时注意安全，防止悲剧再次发生。

陆林志个人信息

姓名：陆林志

性别：男

年龄：43岁

职务：陆氏集团董事长

家庭住址：A市荣兴别墅区

陆林志违法事件

1 雇杀人，2.16案件的背后主谋

2 见不得光的交易，疑似贩毒，他曾偷偷给一个神秘人发信息，

还在保险柜中发现了海洛因　　我看到

郁晨个人信息

姓名：郁晨

性别：男

年龄：26岁

工作：24小时便利店店员

家庭住址：A市东门社区

工作地址：A市东门社区便利店

个人行程记录

月5日：我看见他了，他在东门社区便利店里工作。

：他回家了。原来他就住在这里。

月8日：他今天到社区的餐馆吃了一碗牛肉面。

月10日：他发工资了，去超市买了一把玩具枪。

月11日：他又开始一成不变地工作了。

月14日：他订了一张《蜘蛛侠》的电影票，日期是后天。

月16日：他看完了电影，独自回了家。

月17日：他又开始一成不变地工作了。

月25日：警察来找他问话了。

月2日：警察再次来找他问话，并把他带回去做了笔录，他还傻傻的什么都不知道。

月12日：他被逮捕了。

木九千个人信息

姓名：木九千

性别：男

年龄：46岁

住址：A市锦绣庄苑小区

家庭成员：丧妻，一儿一女

家庭状况：女儿为服装店店员，儿子刚上大学，家庭困难。

其他信息：木九千于2013年1月26日在中医院诊断为淋巴癌晚期，活不过一年，也没有钱医治，连儿子的大学学费和生活费都凑不齐。

我亲爱的弟弟，我知道你一定会恨我，没关系，如果恨我能让你坚强活下去，我愿意承受这份恨意。在那样的状况下，我没有别的办法，只有用这种方法，保住我们两个人的命，还有，让你脱离这一切……

2011年5月7日

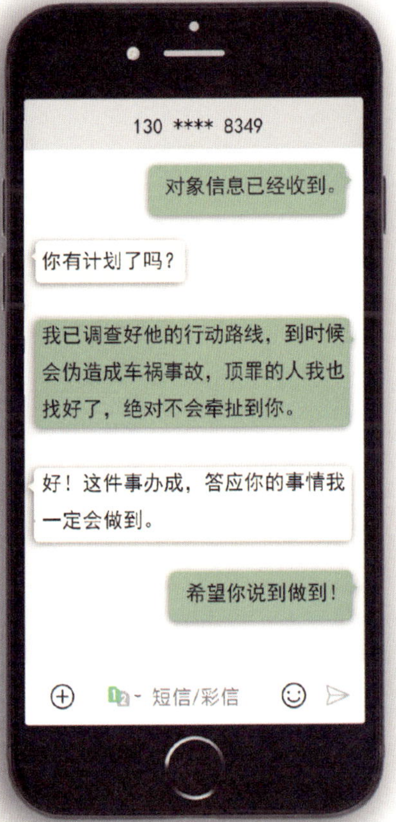
130 **** 8349
对象信息已经收到。
你有计划了吗？
我已调查好他的行动路线，到时候会伪造成车祸事故，顶罪的人我也找好了，绝对不会牵扯到你。
好！这件事办成，答应你的事情我一定会做到。
希望你说到做到！
短信/彩信

对原始森林中罕见毒虫的探究

原始森林中有许多罕见的毒虫，这些毒虫身上带有剧毒，但它们身上的某些毒素可以成为医学上某些疑难杂症的救命良药。在中国古代，也曾有名医用这种方法治病，称为“以毒攻毒”。

经笔者亲身探究发现，原始森林中有一种体形微小的毒虫，身上会散发出类似鱼腥草的气味，但雄性虫和雌性虫的气味略有不同，相比而言，雌性虫的气味更加明显。经实验证明，雄性毒虫会寻找雌性毒虫的气味并与其会合，这一点与群居蚂蚁相似。

这种毒虫身上所含剧毒，能让一个健康的成人在两分钟内迅速毙命……

作者：秦飞扬

人间惨剧！周氏集团董事长惨遭车祸！

[A市日报消息] 2013年2月16日晚7点，周氏集团董事长周天耀下班回家途中惨遭车祸当场身亡！据悉，肇事车辆为一辆大型货车，现已被警方锁定，而嫌疑人尚未查清。

2013年2月16日晚7点
周氏集团董事长惨遭车祸！
A市新闻

门诊病历

姓名：木九千

性别：男

年龄：46 岁

住址：A 市锦绣庄苑小区

病历记录

症状：长期做噩梦，伴有幻听现象，疑似被迫害妄想症

发病时间：近一周

发病原因：不详

建议治疗：服用助眠类药物、催眠治疗

催眠记录

催眠时间：2013年8月3日14点

记录（舒婵问、木九千答）

问：你看到你梦里的人了吗？

答（有些紧张）：看到了……是他，没错，就是他！

问：不要紧张，放松……他还是想要杀死你吗？

答：他一直都想要杀死我，一直都想……

问：他想怎么杀死你呢？

答（逐渐紧张）：我不知道，他用过很多方法，把刀插进我的心脏、给我下毒，撞死我……撞死我……

问：撞死你？用车吗？

答（很紧张）：没错，车，很大很大的车！

问：不用怕，这里很安全，他不敢杀死你，能告诉我他长什么样子吗？

答（犹豫、害怕）：我……我……

问：不要怕，你找个地方藏起来，偷偷观察他，然后告诉我，他长什么样子，好吗？

答：好的……

问：藏好了吗？

病历记录

答：好了……

问：那我们开始吧，告诉我他的样子。

答：他很高，大概有一米八吧，挺年轻的，头发是三七分的，干净利落，他戴着一副细框眼镜……眉毛非常浓，眼睛很好看，像大明星，棕色的……鼻梁很高，他在笑，嘴唇很薄，他穿着白色的衬衫和米色的毛衣，黑裤子、黑色帆布鞋，看起来挺斯文的，像个老师……

问：好的，你要藏好啊。

答：嗯，我知道。

问：你知道他为什么要杀你吗？

答：因为……因为另一个人！

问：另一个人？

答（越来越激动）：没错，就是另一个人，我不知道那是谁，好可怕……他就要来杀我了……

结论：这看起来不像是单纯的被迫害妄想症，他梦里的一切在现实中应该有对照，我会试着画出他梦里那个“凶手”的画像。

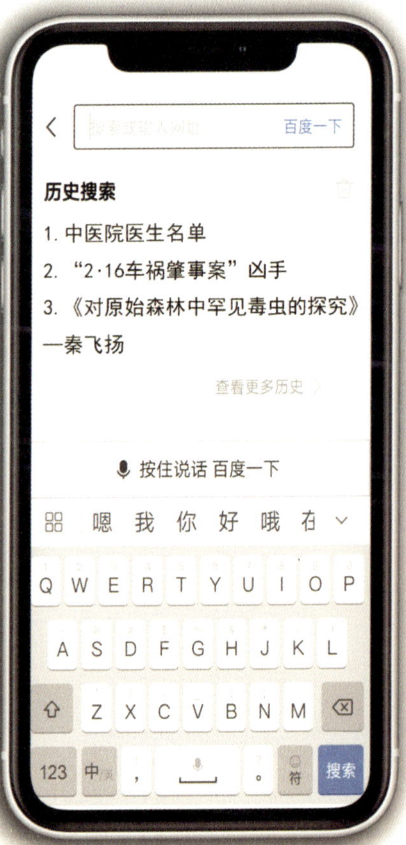

搜索或输入网址
百度一下
历史搜索
1. 中医院医生名单
2. “2·16车祸肇事案”凶手
3. 《对原始森林中罕见毒虫的探究》
—秦飞扬
查看更多历史
按住说话 百度一下
嗯 我 你 好 哦 在
Q W E R T Y U I O P
A S D F G H J K L
Z X C V B N M
123 中 ， 。 符 搜索

这个病人很奇怪，他似乎与我们调查的事情有什么关系

2013年8月3日

短信/彩信

我会为你报仇的！☆

人间惨剧！周氏集团董事长惨遭车祸！

2013年2月16日晚7点
周氏集团董事长惨遭车祸！
A市新闻

[A市日报消息] 2013年2月16日晚7点，周氏集团董事长周天耀下班回家途中惨遭车祸当场身亡！据悉，肇事车辆为一辆大型货车，现已被警方锁定，而嫌疑人尚未查清。

郁晨个人信息

姓名：郁晨

性别：男

年龄：26岁

职务：入狱前为24小时便利店店员

家庭住址：A市东门社区

入狱时间：2013年3月12日

陆林志个人信息

姓名：陆林志

性别：男

年龄：43岁

职务：陆氏集团董事长

家庭住址：A市荣兴别墅区

以前，有一个士兵，他非常优秀。正因为他太优秀了，就被将军选中，派去敌军做了间谍。内奸是一个很危险的任务，他必须获得敌军的信任。为了这一点，他毛遂自荐，装成了敌军的间谍潜回自己的军队。本来他只需要破获一桩疑案，立个功，进入核心，就能获得敌军的信任。谁能想到，那个案子偏偏是敌军的人犯下的，而这桩案子也经过了精心的设计，士兵抓住的犯人不过是一个替罪羊。将军心知肚明，但为了他的间谍计划，也就默认了……

谁知道，那时军队新来了一个士兵，血气方刚，聪明得很。他不知道间谍计划的事情，查出了案子的疑点，于是推翻了整桩案子。他调查得没错，案子没有那么简单，抽丝剥茧还能查到敌军阵营，可是……可是……间谍计划失败了。那个士兵被敌军怀疑了。敌军心狠手辣，宁可错杀不可放过，于是，他们派人暗杀了他……

周子书个人信息

姓名：周子书

曾用名：周江林

性别：男

年龄：17岁

家庭住址：不详

职务：小偷，曾经是周氏集团公子

家庭成员：父亲周天耀、母亲李云

“2·16车祸肇事案”凶手落网！

[A市日报消息]据调查，“2·16车祸肇事案”肇事者落网，肇事者为一名便利店店员。“天网恢恢疏而不漏”，无论犯罪分子逃得多远，终会落网，而一次“不小心”导致的人间惨剧，引起广大市民唏嘘！

乔也个人信息

姓名：乔也

性别：男

年龄：22岁

职务：A市市局第一侦查队队员

入职时间：2013年3月6日

家庭住址：A市御湖别院小区

1.2012年3月7日，你以卧底身份潜入贩毒集团

2.2012年12月30日，快过年了，你还没有联系我们

3.2013年2月5日，你以新警察的身份进入警局

4.2013年2月16日，你返回警局后接了第一个案子

5.2013年3月12日，你抓住了凶手，也获得了信任

6.2013年3月18日，新来的警察提出了疑点，你好像有危险

7.2013年4月4日，你不见了。我会找到你的！

秦飞扬个人信息

姓名：秦飞扬

性别：男

年龄：26岁

职务：东兴医院主任医师

家庭住址：A市香林春天小区

（离东门社区很近）

2013年1月15日　晴

陆林志还是没有还那笔钱，我只能行使质押权变卖材料了。

2013年1月28日　多云

我发现那批材料有问题!!!我必须举报陆林志，不过在此之前，我准备找他谈谈。

她好像也在调查我父亲的案子

人间惨剧！周氏集团董事长惨遭车祸！

[A市日报消息] 2013年2月16日晚7点，周氏集团董事长周天耀下班回家途中惨遭车祸当场身亡！据悉，肇事车辆为一辆大型货车，现已被警方锁定，而嫌疑人尚未查清。

2013年2月16日晚7点
周氏集团董事长惨遭车祸！
A市新闻

心理咨询室
敞开

调查报告

车祸信息：

2013年2月16日下午7点多，成华路第三段丁字路口，行车记录仪中显示大货车突然冲出，速度极快，将小轿车撞翻后逃逸，行车记录仪未拍到凶手脸部。车牌号为A3036F，经调查是一辆报废车的车牌，货车是临时租赁的。

调查报告

陆林志个人信息

姓名：陆林志

性别：男

年龄：43岁

文化程度：本科

职务：陆氏集团董事长

家庭住址：A市荣兴别墅区

家庭成员：单亲家庭，母亲罗林（无工作，家庭主妇），妻子谭月（服装设计师），儿子陆天林（大一在读）

主要社会关系：方会（陆氏股东），孙沃林（陆氏股东），周天耀（长期合作对象）

陆林志调查报告：

经跟踪调查，A市多起贩毒案件都与陆氏集团有千丝万缕的关系，陆氏集团董事长陆林志也曾与警方所跟踪的几名贩毒人员接触。且陆氏集团很多产品不知销售去向。

诊断证明书

姓名：郁晨

性别：男

年龄：24岁

诊断：因中毒没有得到及时治疗导致脑部神经受损，智力下降到儿童时期，不影响正常生活，有治愈可能，但可能性极低。

A市人民医院

2011年5月10日

A市人民医院 诊断专用章

出狱人员登记表				
时间	姓名	编号	刑期	其他
2013 年 8 月 2 日	王超	143	3 个月	
2013 年 8 月 2 日	蔡旭	223	3 个月	
2013 年 8 月 2 日	厉向东	118	5 年	
2013 年 8 月 2 日	刘灿灿	11	1 年	
2013 年 8 月 2 日	张剑	137	7 年	
2013 年 8 月 2 日	李一鸣	301	6 个月	
2013 年 8 月 2 日	王胜利	437	40 天	
2013 年 8 月 9 日	贾文冲	55	3 年	
2013 年 8 月 9 日	李查	58	6 个月	
2013 年 8 月 9 日	郁晨	371	6 个月	
2013 年 8 月 9 日	莫文	233	2 年	
2013 年 8 月 9 日	李晨	437	10 年	
2013 年 8 月 16 日	岳坤山	55	1 年	
2013 年 8 月 23 日	周杰轩	64	1 年	
2013 年 8 月 23 日	许明	131	1 年	
2013 年 8 月 2 日	周成	145	1 年	

入狱人员登记表

时间	姓名	性别	年龄	工作单位/职务	事由	其他
2013年3月3日	李旦	男	35	米虫未来食品有限公司	聚众吸毒	
2013年3月3日	李一鸣	男	21	无业	偷窃	
2013年3月3日	莫文	男	21	无业	偷窃	
2013年3月5日	朝每练	男	37	创山街道办事处个体户	酒驾	致死
2013年3月5日	元建	男	29	无业	强奸	
2013年3月6日	徐森	男	23	无业	偷窃	
2013年3月6日	徐林	男	23	无业	抢劫	
2013年3月7日	肖剑	男	47	兴旺饮料厂	放火	
2013年3月9日	宋无畏	男	50	无业	走私	
2013年3月10日	朴金辉	男	38	无业	走私	
2013年3月10日	张量	男	38	无业	走私	
2013年3月12日	郁晨	男	未知	无业	车祸肇事	

康复证明

姓名：郁晨

性别：男

年龄：27岁

病症：因中毒导致脑部神经受损。

治疗时间：一年零三个月

治疗结果：已康复，脑部神经虽还有部分受损，但智力基本恢复到成人水平。

A市第三陆军医院

2014年4月26日

调查报告

个人基本信息

姓名：郁晨

性别：男

年龄：26岁

职务：入狱前为24小时便利店店员

家庭住址：A市东门社区

案宗

犯罪类型：车祸肇事

相关案件：“2·16车祸肇事案”（受害人周天耀）

入狱时间：2013年3月12日

出狱时间：2013年8月9日

出狱原因：低能患者证明，且有人证主动为其证明

出狱后动向：不知所终

备注

疑点

（1）对自己犯罪的过程一无所知，且不辩驳，后诊断为低能患者

（2）人证木九千入狱后不久死亡，诊断为癌症。

（3）郁晨是2011年来到A市的，之前的档案空白，且他说自己失忆了。

（4）我觉得方并没有全力调查此案。

学霸警花无故失踪，背后究竟隐藏着什么？

A市日报：2013年8月9日，A市第一警校校花、市局新进优秀女警齐瑶无故失踪，案件引起警方高度重视。据悉，警方已立案并成立专门侦查小组。记者走访发现，此次失踪案似乎与某一重大案件相关。

震惊！毒贩竟在酒吧贩卖高纯度海洛因高达1000克！

A市日报：据悉，警方于2011年6月22日在爱尚酒吧抓获三名毒贩，并缴获高达1000克的高纯度海洛因。目前三名罪犯已落网，疑似此案背后另有其人，警方现已立案侦查。

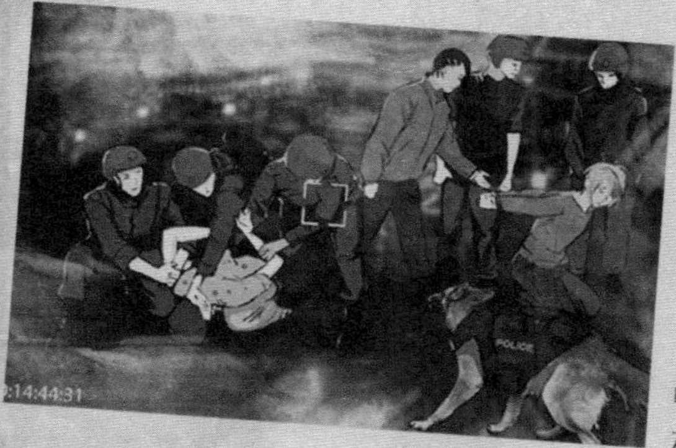

疑点：

（1）三名罪犯皆为从未接触过毒品的混混，且近日账号里多了一大笔钱，疑似被人收买或利用。

（2）高纯度海洛因不易获得，背后应该是一个大型贩毒集团

（3）据后续审问调查，三名罪犯获得毒品的方式是在农村买建筑草木灰，此草木灰为陆氏集团产品。

方井失踪案

卷　宗

2013 年度 民 字第 59 号

个人基本信息

姓名：方井	性别：男	年龄：27岁

职务：A市市局第一侦查队队员

入职时间：2013年2月5日

家庭住址：A市莲花小区

家庭成员：单亲家庭（父亲方志华，服装厂职工）；

疑似有女友，身份不详。

失踪案报告

失踪时间：2013年4月4日

失踪前接手案件：“2·16车祸肇事案”（受害者周天耀）

失踪前地点：3月18日至4月1日都是警局家里两点一线。4月2日中午去了遇见咖啡厅，疑似与一女子见面。4月3日警局家里两点一线。4月4日下班后不知所终，没有回家。

疑点：

（1）在2月16日车祸肇事案被我接手后失踪，失踪前情绪稳定，并无不妥。

（2）据方父说，方井还有一部功能手机，他在家里使用过，但他失踪后，这部手机也一起失踪了。

（3）方井的年龄和入职时间似乎有些不符合，且他之前的经历是空白的。

卷　　宗

2016 年度　　1706 字第 01 号

周子书个人信息：

姓名：周子书

性别：男

年龄：20岁

家庭住址：不详

家庭成员：不详

犯罪记录：

（1）2014年到陆氏集团偷窃三次，偷窃物不详，疑似偷了一些文件。

（2）2015—2016到陆氏集团大楼偷窃共七次，偷窃物：陆林志商用手机、陆氏集团内部商业文件。

备　注　　偷窃案卷宗

案宗（“2·16车祸肇事案”）

卷宗

2016	年度	刑	字第	036	号

案发时间：2013年2月16日19点37分

案发地点：A市成华路第三段丁字路口

死者：周天耀

嫌疑人：郁晨

事由：交通肇事致人死亡

车型：大型货车

车牌号：A3036F

死者相关信息：

姓名：周天耀

性别：男

年龄：40岁

职务：周氏集团董事长

家庭住址：A市金华别墅区

家庭成员：妻子李云、儿子周江林

嫌疑人相关信息：

姓名：郁晨

性别：男

年龄：26岁

职务：入狱前为24小时便利店店员